我的漫游

My Freewheeling Years

松 石 著

文汇出版社

一缕清风一步台，
峰峦次第闭复开。
多情欲诉从前事，
却道羊台胜景来。

——《题友人所拍摄之羊台山[1]》

---

1 羊台山，又称阳台山，位于深圳市宝安区。

目录

暮色（代序）　1

辑一　盼望

辑二　念着你

辑三 我的漫游

暮色

（代序）

在这样的日子里，我的朋友，我走过长长的山间小道，伴着牧童的歌声，来到小溪旁，驻足于你家的柴扉之外。

溪水在夕阳笼罩下一片金黄，咚咚地响。

穿过你家的栅栏，不知名的花儿在院子里开着，不知名的鸟儿在树下跳着。

知道吗？朋友。我之所以在这样的暮色中徘徊不忍去，是等待那曾使我满含热泪的音乐，在这样的时刻再度响起啊！

辑一

盼望

盼望

盼望是天边的云
随风漂泊不知哪一刻暂停
盼望是失落的帆
远去了只剩下天空的蔚蓝
盼得沉甸甸
盼得孤单单
盼望很甜
盼望很倦
盼望很累
盼望很美

盼望像涨潮
失望如落潮

看那满潮的海水
快淹没了小岛

1990. 4. 3

浪花

南国的海风，纷纷的雨
吻着飘动的围巾
　　微笑的你

悄悄的诗，跳动的字
记载着青春的小路
　　　浪花的日子

就让我们去踏浪吧
让浪花给我们证明
我们很坦荡，很坦荡

就让我们坐在沙滩上
想象童年的村庄
欣赏山后的斜阳

就让我们堆起沙的长城
痴痴地想
让海浪冲垮了

我们又堆上

就让我们脱去虚假的外衣
让海风吹啊，吹啊
直吹进年轻的心房

今天晚上我们就坐在这儿吧
我要看看夜半的星光
　　　目睹黎明的诞生
明天，明天就在这里
我们还要启航

1989. 12. 2

别

那一抹橙黄的灯光洒下了洒下爱的永恒
今夜我们不想走不想走只想待到明晨

心中千万言
尽化夜风声

遥远啊遥远
望前路渺无尽头
走的终须走

汽车鸣号了催我踏上归途
背影远了小了化作我心中的音符

1989. 9. 25

寻找自己的世界
——题 H 君摄影作品

虚虚掩掩
这一片林荫路
树林中
清澈的小溪
伸向远处
树缝中透出白光
树叶间滴下白露

我便想
在一个清凉的早上
一个女孩坐在小溪旁
披着长发、沐着晨曦
当她欣赏完晨曦之后
便消失在深深的山林里

我便想
有这么一个黄昏
女孩在溪边徘徊

看鱼儿嬉戏

听鸟儿奏曲

而她终于哭了

——这是唯一属于她的天空

而她只拥有那份孤独的孤独

这是一条孤独的小溪

洁净、无瑕

一如她心底那圣洁的湖

可是，

如果她看到

这条小溪

正溅着水花

快乐地奔向远处……

1991.4.20

倩影

按住胸口，
却不住地摇头，
怎走过这一秋？

嘴角隐隐私语，是喜？
肩膀微微颤抖，若愁。

1989.11

夜

窗外若是黑夜
星星一定孤独
但是，星星的后面
还有星星
对望
就减轻了痛苦

1989.12.19

帆

我问远山：
什么是帆？
远山无言。

我问小溪：
帆在哪里？
小溪不语。

我这就涉过小溪，
　　　攀上远山，
　　　奔向大海。

十五岁的男孩，
属于帆，
属于帆。

1989.9.3

种子

曾经，曾经轻轻地
把一颗种子埋到土里
你别出来
这是冬季
知道吗？
——冬季

而今
你却向我展示你的一丝新绿
诚然
雪下过了
冰解冻了
可春天
还远着呢

命运

（一）

水手们说
出海总有汹涌的波涛
司机们说
上路总有起伏颠簸

（二）

既然我是在黑暗的日子
降临这世上
难道我会跌倒在
命运的考场

（三）

在秋风瑟瑟的日子

我在审视自己

墙上的镜子

叫我懂得我身上的创伤

这世界在变

我很高兴

我却要恢复

原来的模样

（四）

命运是一首诗
有春风得意的句子
有落寞哀伤的文字

命运是一首歌
有低音的深沉
有高音的激昂
有中音的活泼

（五）

我的心
是永恒的倾斜角
寻着，循着
命运给我的思考

1989. 10. 2

谷仓

桌球室的人说：外面有个女孩找你
我匆匆走出门外看到你羞涩的脸

我不知道素来文静的你哪来的勇气
纵然如此我还是没有把你的手牵

我们于是一起在街上闲逛
两个人并排走着所做的事不过是聊天

走着走着我们看到一个谷仓
我们走过去背靠着谷仓的墙站着，眼望着天

你站的地方离我有一米远
虽然我们可能都希望彼此挪近一点

那天街上的人不多
也没有人注意这两个小不点

已经不记得当时的天是否很蓝

也不记得头顶是否有鹰在盘旋

我们只觉得时间过得真快
转眼间晚霞已经布满了天边

你笑了笑和我说再见
说再见时我们觉得再见就在明天

当时年轻的我们哪里会想到
那就是此生和对方独处时间最长的一天

那夜，今夜

那夜，
悠长，悠长
双亲的皱纹
如河流般汇成思绪的海洋
昔日过高的门槛旁
是男孩曾经摔倒的地方

今夜
竟是这不眠的梦
载他回去那熟悉
而又遥远的村庄
竟是这滚烫的额头
　　　这冰冷的腹痛
让他想起那永恒的慈祥

1990.6

空白

空白
我的心空白
如一张白纸

我曾经在这张纸上
写过一个字
但是
这字
和它所包含的一切一切
已被我轻轻地抹去
只留下淡淡的痕迹

如一张白纸
我的心空白
空白

1990. 2. 2

献诗

（一）

无一知己是可怕的孤独
被人了解是欣喜的征服

（二）

我站在山顶上
觉得风很大很冷
我往上望
其实我所处不过是一座小丘

（三）

我放过许多风筝
却从来飞不高
我放出许多信鸽
却从未把你的音信捎到

（四）

也许，我们不太相像
正如我喜欢太阳
　　　　你喜欢月亮
但，假若有一处共同的地方
就该撞破这道墙

（五）

我竭力向湖心抛出一颗石子
湖面却无一丝涟漪
我很难过

我曾幻想
那里会泛起一丝微笑

（六）

其实我应该检讨这份情思
或者，用心分解数学题
做过了，不一定有饱和的意义
走过了，不一定有闪光的足迹

（七）

湖面依旧平静
鸟语依旧动听
石块却沉入湖底了

（八）

其实耀眼的天体
并不一定是发光的恒星

（九）

四月的天空好明朗啊
四月的树苗好茁壮啊
从清晨到中午
看，我已是堂堂男子汉
我驾着四月的风，行吟着
寻找五月的蓬莱

1990.4.11

致诗友 Priscilla

一潭湖水，一湖澄清
虽然四周是冬天的印记
——是雪，是冰
然而春天的召唤并不遥远啊
尽管你闻不到花的温馨

你以圣洁的心
洗涤出，静夜的月光，和
雨后的松林
广阔的天空
也成为你蓝色的背景

虽然你失却了秋天的笑
还没找到春天的意境
但是，请你相信
同行的，不仅仅是
你的影

1991. 10. 18

静

静
藏在树叶的沙沙里
藏在小鸟的喳喳里
静
藏在溪水的叮当里
藏在远山的沉默里

静，
在温柔的心里
在博大的胸襟里
在自由的天空里

1991

去年的今天

走出长街，走过路灯

星星和月亮

在路边的小河中飞奔

如果心灵的交遇只是那么一次

那么，也就够了

闪烁过了，也不知道

是否永恒

两个偶然

一个记忆

两种生命

一种美丽

1991.12，记1990年深中海潮文学社圣诞晚会

致 Laura

深夜

披几点星辰

照亮你

照亮不眠的行人

也许今后每年的今天

都会想起你

想那一晚的夜空

那几盏路灯

你的眸子里

你的心湖

曾映出一个不羁的身影

在夏日的夜空

在初秋的早晨

在公园的绿草地，在雨中

……

你长长的秀发从年轻的心

飘过

荡起丝丝涟漪

1992. 3. 30

思亲曲

那一刻双亲的慈祥融入微笑的云霞
背上行囊我想象着异土的风沙
驾着年轻的心帆
十七岁的我要闯荡天涯

在梦里我不止一次醒来
眼前，虽则不是故乡的可爱
而刚才，任性的我不是还在父母面前吵闹么
架上的葡萄，也应该熟了吧
窗前的茉莉正盛开
滚得一身泥的我抱着足球回来
桌上摆着清香的饭菜

我终于领会了挥手时双亲的目光
于是，站台前伫立的身影
今夜又拜访我的梦乡

1992.6.24

回归

无法解释
再度听到这熟悉声音时的惊喜
在七月的滴答雨声中
我们不禁想起
那十七岁的校园阳光
诗和音乐忽然一起涌出
空气和谐得让人有些慌张

脑中依旧记得当年
曾热衷于在晨曦中展读我们的诗章
半个月亮的晚上依旧散发着校园浪漫
欢笑与泪水中
依旧记得多年前的月光
许多语重心长的话省略过
因为早已记录在歌声中
不管明日何方

岁月如何煎磨
也改变不了我们当年不加装饰的笑容

徘徊夜里

只觉一切如风

季节画

（一）

徒然，让九月中的陌生人走进空旷的心灵
沉醉的字幕，点点滴滴，仿佛自远而近
美妙的琴韵，夜风与虫鸣

星星，点点
月光透过树缝
窥探人影，
淡淡，轻轻
我们把世界留在背后
距离是一种心情

（二）

当秋天的第一片叶子飘落
生命之舟漂流于另一条长河
许久不变的心情，从心弦中悄然划出
在一片一片收集树叶的时光中
九月的风，吹去寂寞

（三）

十月的天气，如成熟的秋日
代表另一种心情；且不说是
大雁展翅于碧蓝的天空
或者恰如，小鸟散落在静静的草坪
打开窗户，这日子秋高气爽
整理心情时发现
窗户不仅用来享受阳光

1992.10，整理诗稿断片
2023 年重新整理时发现了第三节

你给我的感觉

在你离我最近的时候，依然觉得你很远
你甚至不是透过浓雾能看得见的幻影
而我只有远远地望你站成一种风景
在我的视线之外——你清丽脱俗，如隔尘世
当我抬头想再看你时
你穿越时空的光芒却使我几乎无法睁开眼睛

音乐和文学记载着彼此不长的历史
（这使我感激上苍，你我间并非参商之遥）
相信此刻十九岁的哲学未免过于年轻
撒下了太多的期待，那十二月的风沙
走出一个季节时，发现世界真的很大

如无拘无束的百灵鸟
晨风中你栖枝而歌
而真正的你决非因此而存在
你将掠过山林，飞越大海
融入万物之博大和雄浑
你注定不会是原地不动的小树

更非一朵装饰天空的云彩

在你云游四方的此刻
我也在收拾行囊
为了寻找生命的不灭之光
也许我们还会在某地相遇，我的友人
那时我将再度为你喝彩

1993.4.25

辑二

念着你

念着你

念着你

此刻我沉思默想

是目光渐渐闪亮的钟点

走过叹息似的向往

夜风轻轻，愿她载着你我

沿着黄昏的小径

远离城市之喧嚣而去

彼岸长满奇花异草

树枝间跳跃着鸟儿的欢歌

星星忽隐忽现

世界凝聚在洒满月光的园子里

我们坐在小溪旁

任落花一点一点

装饰于你的秀发

任小鱼嬉戏于

你绚丽的衣襟

无数萤火虫集合在我们两侧

为我们领航

于是，你我挽手步入夜空

夜曲旷远而幽清

如天籁渺然响起

无数旋律纷然而至

我们的手时起时落

指挥着这超然的乐章

这唯美的乐章

1993.5

音符与爱

（一）

某日
找到一把小提琴
我激动地奏着
思想变成了艺术、哲学
并在另一个世界找到了共鸣
可是，
我不敢和它靠得太近
我不想把它拉得太紧
因为，一旦弦断了，一切都将
穷尽

1993.5.15

（二）

你坐在大厅里入神地奏着肖邦，
它深深地触动了我的灵魂——
那绝世的音响。

我不禁和着你的节奏放歌，
却惊醒了沉醉于乐曲中的你——
你匆匆远去了，音符洒满一地！

1993.6.8

夏日漫歌

在夏日的一个小林中
我和我的记忆相逢
我感受不到摇曳的枝叶
只知道迎来又一次季候风

午后的天空清澈如明镜
我不知道你在述说什么
只想静静地感受万物的存在
以及它们跨越四季的爱

我会迷恋于池边的蛙声
我会凝神于天边的小鸟
可是此刻我只是静静地躺着
　　　　摆弄着近旁的小草
并且无意中哼起古老的歌
　　　　想起被岁月磨掉边角的微笑

1993. 6. 3

爱的诗札（九首）

（一）雨停了

雨停了
窗外的世界更加模糊
回忆是亮透的雨点
敲破午夜的孤独

一个人走在街灯下
想寻找什么
是一种习惯吗
忘情的雨你痛快地下吧
尽管我冷

而后是黄昏的笑靥又浮在窗前
而后是雨后的漫步又挂在脚边
而后是远方沉沉的群山
露出酣梦的甘甜

（二）记忆

每时每刻，你都如此沉重
而你，为何不像美妙的乐音
　　　　为何不像夏夜的流星
　　　　为何不像
乡梦中那点点飘忽于风中的飞萤
却总在黯然神伤的一刻，痴笑
街灯下那些孤独的身影

（三）江边

是的，出门的时候已经感觉到海港的寒冷
满街的落叶，提醒人们今天有个哭泣的天空
虽然我带了伞，仍无法为你撑出一角的安详
雨很大，低着头的你被路灯映出的曲线
轻轻地告诉我，伞撑得不是地方

于是风大云重
雨点噼噼啪啪地打在路人的肩上
奔涌的江涛加重了失落
在这个世界没人愿意发现或者昭示伤痕
何况是十月，十月，人们想着收获
心头之泪，和着雨水、江水
流向不知名的地方

（四）青春

远去的你是否感觉到我的注视
在我那再也倒不出情感的荒野
推算春天和冬天是不受讨好的事
直到季节真的呼啦啦把你带来
提醒我心湖已经涨得满满啦
我才发现在两岸已经葱郁地长满了小草
而小鸟已经提前在那里筑巢

许许多多的猜测和惶困之后我失望了
也许我的水域太浅，无法让你停靠
但我无法拒绝那一季浅蓝色的湖面
——恰如无法拒绝一种甜蜜
假如有一天我真的走向远方
我仍希望我慌乱而真挚的脚步
会有一天再度敲醒你二十岁的青春
或者常回来这个地方看看这片青草
并且痴想着你会不会在岸的那边冲我微笑

（五）午夜，复旦第二教学楼

沉默，吉他也在躲藏季节

午夜的秋风很冷，黄叶滚动着躁动和不安

当我在长街的这头举起我的右手

你不会也不可能看到

我在这里为你撑着孤灯一盏

然而哀伤给人的，不仅仅是痛苦

有时，它竟会比任何别的情感

来得漂亮

（六）曦园书店重遇

在哗啦哗啦地翻着书本的人群当中
我无法不感觉到你的存在
我低着头
木无表情地面对着呼啸山庄
像是半个世纪以前的事情
此刻是木然的空旷
当我再度抬起头
目光却终于凝滞于门边
我刚才所见到的
你的形象

门外有一棵小树
树的背后是一幕苍白的天空

（七）浮想

常常在这样的时刻
我便忘记了外面的世界
尽管午后的阳光减轻了这个冬日的寒冷
但是这一切也只因为你的出现
而我就是那个人，他捂着刚愈合的伤口
在那片田野里固执地走着

我喜欢看你托着下巴，凝神于
黑板上的讲义的神情
阳光从窗外为你勾勒出你的线条
并绘上一层淡淡的橙色
你沉默着，静寂如一尊女神像
时间于是就此停顿
世界走入相持的永恒

但是世界已经察觉
坐在教室另一角落的
这个不规矩的同样托着下巴的凝神者
并且给他扣上沉沉的思念
跟随他的一生

（八）季节画——空白

时钟滴答滴答
大桥下的河流瘦了
星星永远也测不出距离的置信区间
旱风呼呼叫着
唱着牧歌式的小调
脑里只有呆滞的水彩画里的一堆荒草

夏季的寒风吹来，冰凉冰凉
尾生的悲剧真的不该再发生了
做一位丹青妙手真不容易
有人不小心把调色板打翻
严冬将至
世界失去了最后的线条

（九）留别

赠罢这几行诗我就再度上路了
虽然我也清楚，我那曾失落的心灵
会不时拜访你的庭院
会不时在那片故土中
摇落一季的希望
而那些草木是忠实于我的
在这片旷野中尚回响着我的歌声
那么，主啊，请允许我的灵魂
长久在这里栖息
我将沐浴着晨曦听百鸟的歌唱
我会在暮色中吹起我的柳笛
我会在月光下静听山溪的吟咏
在万物中我的心灵宁静而安逸

1993

悄无声息的爱恋

钟声敲破沉静
在思想的寒冬里
只是思念
让人走出空洞的躯干
远方的世界
无尽的风
让思绪抖落如尘土
悄无声息的爱恋
愈发纷纷扬扬
飘满曾经的灯光之下

这样的时候
我平静而幸福
因为
我可以将你和
几个黄昏的瞬间
安然地
占据我所有的思绪

等你

那时候，黄昏降临
旦苑内外人头涌动
东门外马路传来汽车的喧嚣
四处是踏着轻盈脚步的人群
偶尔不知哪个屋里传来歌声

而我在等待
突然的季节
跌宕的人生
加快的心跳
撞击我的灵魂

孤雁

他不断拍打着他那并不强壮的翅膀
和着他在湖面的倒影一起正在飞翔
十二月的狂冷以另一种方式呼啸过
他只有报以广漠中几声凄厉的怒号
而又只身向前，眼望着要去的地方

看吧！即便是在那最高的山峰之上
你也无法再发现他任何过去的锋芒
也许某个日子他能帮人们构筑想象
可是最刻骨铭心的故事正走向遗忘

此刻，他带着一身的孤傲流落他乡
可是孤雁啊，怎能弥合过去的创伤
他深深地眷恋着过去的山林和湖泊
而耻辱和痛苦又是怎样狠狠折磨他
那些逝去的欢笑和甜蜜在夜间袭来
使他灵魂颤栗，他甚至不想回头望
孤独时他只有让自己站在礁石之上

听那永远奔腾不息的海涛为他歌唱

1993

不再

我不会提起那首歌
更不会记起那首歌的名字
假如你问我它象征着什么
那是一串记忆
是一个故事的开始

落叶已经飘得很远
我的寄望从此亦不在山巅
如果今天山上恢复葱绿
并不是因为我再次做了山的客人

时光的痕迹

在时间和时间的角落
我和自己对话
用幻想和事实叠成了故事
虽然两者不仅仅存在时间差

（一）

清凉的晚春夜

水面传来诗意的风

笑容如此温婉

空气迷恋在阵阵龙井茶香中

亭子旁，橙色的灯光

栏杆前，橙色的毛衣

穿过垂柳的堤岸

跨过圆圆的拱桥

月亮躲进云层

做着柔柔的梦

（二）

世界在黑暗中安躺

四周寂静

只有雨声

只有听雨的我

坐在深山的古寺

我听见空濛

我听见飞鸟

我听见庭院

我听见花草

再见，十九岁

不要这样，冬日的天空已经很苍白。
该想想如何让二十岁的热血从容地奔流。
已经很冷，
不要站在路口。

你费了很大的心血可它终于没有变成绿洲，
你很想在某地扎根可最终又要去云游。
于是沉默。
冰冷的午后。

这不再是期待的时刻，
十九个春秋如今挣扎着，
终于漫无边际地飘下来，
如同眼前的黄叶。
梦虽然绚丽却沾满伤痕，
真理如蓝天般明朗却太远。
你突然凄然笑着，
像懂事以来的第一次流泪，
站在江边，

被风吹得充满异样的美感。

其实，从你那紧闭的双唇，
和双眼燃着了的火焰，
我分明看到了，
出发的信号，
滑向耳边，
在冰冷中温暖着明天。

1993

辑 三

我的漫游

我的漫游

夕阳西下，马致远感慨：
人在天涯！
夜深人静，刘半农叹息：
教我如何不想她！
而我的候鸟，已经飞到南方了！
闭上眼睛，让我看到她。
回忆、沉思、幻想、微笑，
我身着布衣扯起帆撑着桨，
顺一溪清流，掬两把月光。
和韩愈的欸乃水声走出书斋，
驾一叶扁舟漫游而来。
我看见她在窗前等我，
月光映照着她的窗纱。
后来我们邀请了李商隐，
手执清茶，
剪烛夜话。

1994. 10. 28

随缘

相信缘分，就像相信
清晨的云霞，或者
黄昏的雨点
有些溪流看似遥远
却总会汇到一处
有些风帆曾经相遇
瞬间各有各的明天
不必太执着
不必太茫然
相信这一切
拥有着一刻
随缘

1994. 7. 31

夜深

当这繁闹的世界只剩下
墙上的时钟在滴答作响
一切纷乱如麻的思绪就
随白天的酷日一道消亡
那一些稍瞬即逝的灵感
和同样备受压抑的思想
在夜幕之下悄然回归了
沉默中只觉得遍体生凉
你可不必，烦躁地回想
白天遇到的失意和忧伤
你也许怀念，某一个她
曾经引起你的长篇想象
寂静中世界是如此丰富
的确有一种摄魂的力量
没人管，坐在窗前的你
是和莱蒙托夫对话还是
和贝多芬分享音乐时光

1993.8.2

贝多芬

此刻，我的灵魂是飘忽的流云
在旷野之上，融入静默之星群
我屏息凝睇，仰望天国的声音

而他，音乐王国的上帝啊！
蜷缩的灵魂血迹斑斑地驰骋，
如和风般安详，惊雷般激愤。

他把天堂和地狱建在同一国度
就在自由的力和绝望的痛苦间
超人的意志观赏着天国的幸福

1994. 2. 6

拜献大山

我熟读你的一切

我熟读你倔强的性格
你高高隆起于地平线上的伟岸身躯
在晨曦中的色彩和线条
虽然你的率直一再被轻浮的云掩盖
使我背弃心灵的乐园，远离你啊
我的大山，可是
你已赋予了我简单而执着的恨和爱
当纷扰的人世终于走出狂乱的年代
满含辛楚的我又像儿时那样奔向你
我无法走出自己的悲哀

如今，我木然望着你
虽然那久已失修的山路
已爬上你那历尽沧桑的脊背
你还是紧紧抓住祖先留下的黄土
奉献出人间罕见的苍翠
我的大山

童年时你是我温暖的怀抱

如今却是对我力量的感召

灵魂的剧斗之后

大山，除了奋斗我没有别的渴求

此刻，遥望着南方微亮的星际

我向你顶礼膜拜

成都雨夜

成都。八月。
我想象着窗外有雨、有风，
在空气中飘动着，有迷人的梦。

说吧！被风雨唤醒的青春，
快乐与悲哀、爱与被爱，
而我，迷路的歌者，
在你轻微的声息中低徊。

让我梦吗？
八月的风，
吹开生命的仲夏，
而尘封的六弦琴，
已经唱出温柔的声音。

1995. 4. 9

等待冬天

我的心藏在世界的另一个角落
在那里
冬天的雪纷纷扬扬地下着
而我在秋天等待
我的心在那里，在雪地的火炉旁
温暖地跳动着

仰望天空中飘逸的雁群
俯视草叶上清晨的眼泪
但是秋天啊
你如何能让我在这般风光中陶醉
我想着冬天，冬天
那里才是美的依归

那时候
白雪一定下得很厚
梅花一定开得很艳
我们在雪地里踏出两行脚印

奔向冬天

1994. 9. 23

七月弥漫

六月的脚步还没有走完

七月便开始弥漫

这时候

教学楼后面的草坪分外亲切

绿树成荫

过去的日子在那里堆得满满的

如今

一些低年级的同学在那里嬉戏

林子很繁茂

一如既往地

为昨天、今天和明天的学子

撑出一片清凉的芳草地

论文已经完成

脑里是前所未有的空落

心事却密密麻麻

有几个人想见

多份留言要写

几幅画要画

还有拜访老师、足球告别赛

体检、吉他

在午夜里唱出最初的旋律

想起快乐和感伤的故事

于是有人流泪

曾经如此生活过

年轻的岁月盛放如花

如今手边沉甸甸的行囊

将饱盛远走时的迟缓脚步

那些曾经让自己激动的美丽名字

和热情而唐突的青春啊

生命因此而不朽

回忆因此而常新

在阳光明媚的早晨

我们加入了这些追逐的人群

追逐遥远的精神家园

那些日子真的远去了吗？

自由自在的周末图书馆

激动人心的辩论

就这样

迷恋于这个曾经陌生的家园

迷恋于这个七彩的城市

迷恋于那些激越的追求

温柔的笑靥

就是这样

这间屋子的五把吉他

唱完了《闪亮的日子》

如同海水退却后

沙滩上的贝壳

在阳光下闪闪发光

令人目眩

让你想拾起来，却又不能

只是在那些熟悉的地方，在黄昏

等待着，或者只是在重温

某个时刻的惊喜

然而这校园

这城市

还会有笑、有泪

有激动人心的辩论

轻松的周末电影、三教的讲座

深宵的卧谈

白发教授还会微笑着走上讲台

年轻人还会收拾笔记走出教室

操场上还会有热闹的人群

饭堂将继续它的拥挤

老师傅还会准时关灯

球迷们还会跟他争执

为了看德国联赛

中央海报栏广告依旧铺天盖地

活动中心还会人满为患……

而后便是弥漫的七月

和啤酒

会有人在校园结队

走着唱歌

女生们会扛进来两箱啤酒和我们痛饮

然后说我们跳舞吧

在半醉半醒中沉湎

男生将以最真诚的邀舞

最认真的舞步

报答女生

她们会回顾一些大一的故事

当时我们都是充满好奇的 freshmen

最后就是燕园了

绿草如茵，歌声沙哑

野虫声与哭泣声交织

四年前我们举杯邀月

就是在这里

最后那几天下着罕见的暴雨

校园的小道恍如小溪

而这片天空我已经飞翔过

带着七月翅膀的痕迹[1]

1996. 11. 7

---

1 "天空中没有翅膀的痕迹，而我已经飞翔过。"

——泰戈尔

窗外

窗外洒进几缕阳光
秋天的早晨
已经有些凉
风
吹去一些零碎的故事
还给窗外一片湛蓝得纯净的天空

有人回忆
有人憧憬
有人慢悠悠地数着日子
有人计划着相同的事情

就像在这样的清晨里
那些熟睡的人们
全然不觉
窗外有一道迷人的风景

1996.10.26

附录

Expectation

（《盼望》英译版，**Priscilla Liang 翻译**[1]）

Expectation is the cloud on the edge of the sky

Wavers in the wind and never stops for a while

Expectation is a frustrated sailboat passing by

Leaves the blue of the high

Expectation is lonely

Expectation is sentimental

Expectation is sweet, but tiring

Expectation is the tide rising

While disappointment the ebb

And the island in sight

Is overwhelmed by the rising tide

1994

---

1 作者对《盼望》中文原诗的最后两句做了改动，相应地，作者也对英文翻译版的最后两句做了改动。

后记

2023 年 10 月 15 日，我和我的高中同学，相约回到母校深圳中学（以下称"深中"）在老街附近的高中部。这是我们的毕业 30 周年返校活动，但因为疫情的关系，推迟了两年。相比起上次毕业 20 周年的活动，参加的同学少了一半。同学们这次返校才知道，当年教我们的老师，有很多已经不在了！不少同学一边感慨时光流逝，一边感慨校园景观和上次返校相比又有了很多变化。

踏上深中校园的台阶，仿佛进入时间胶囊，听到当年我们的读书声和嬉笑声。但是抬头一看，虽然那著名的"钥匙妹"雕像还在，后面的教学楼已经不是原来那栋了——我们早听说它已经被炸掉了，取而代之的是一座崭新的楼，不过到现场看到，才发现我们记忆中的教学楼已经完全烟消云散。

那时候深中从初中到高中有六个年级，每个年级有六个班。那栋教学楼，总共就是六层，每层有六个教室，正好可以容纳三十六个班。高三就在六楼。每层的教室外面有一个走廊，走廊是半开放的，可以凭栏远望，可以学习学累了和同学在这里闲聊一会儿。我们这一群求知欲旺盛的少年，在那栋楼度过了无数美好的时光。

其他地方变化也很大，当我们走进学生宿舍区，找到当年我们住过的宿舍时候，看见当年那棵白玉兰树，现在还在，只是高了无数倍，又想起当年我住上铺，上铺的旁边摆着一个储物柜，储物柜的顶部略高过上铺的床，我有时候坐在床上写字，那个储物柜成了我的书桌，我清楚记得那首《浪花》就是我趴在储物柜顶写出来的。

我和当年的室友一起找到了我们住过的那间宿舍，结果发现门口写着"女厕所"！

高中如此，大学的情况其实也类似。我的母校是复旦大学，现在，从邯郸校区大门进去往左走，你还可以看到我们当年在校时的建筑几乎没有什么变化：陈望道先生雕像、燕园、档案馆、数学楼、相辉堂、第四教学楼等等；但是如果你往右转，则和当年大相径庭：曦园旁边的书店没有了，变成了邮局；邯郸校区内的体育场不见了，当年我们几乎天天在那个黄泥球场踢球或者跑步；中央食堂前面的海报栏不见了，当年那里各种社团活动和各种讲座的信息铺天盖地，现在取而代之的是高高耸立的光华楼，据说光华楼成了很多学术活动的举办地，光华楼前面的大草坪也成了学子们憩息聊天的好地方，但在我们这些老一代的复旦人眼中，总觉得这高楼在复旦校园显得有点突兀。

回头来看，我们当年还是非常幸运的。那时候我们作为高中生还可以有时间做各种课外活动，我们念书的时候很刻苦，我们去做课外活动的时候也非常投入。只要成绩不差，守纪律，怎么安排自己的时间，学校给了我们很大的空间。我们作为大学生的时候，也不像现在的大学生就业压力如此之大，刚上大二就要想着就业的事情。上世纪九十年代，虽然商业的大潮已经开始冲击大学校园，但当时大学生还是有相当明显的理想主义色彩的。我们当年在学校，可以专注于学业，同时可以参加各种各样的活动，尤其是综合性的大学，提供了很多接触自己专业以外领域的机会，科学、文学、哲学、艺术、经管、传统文化，各种领域的杰出人士，均乐意来到第三教学楼的 3106 和 3108 教室，给大学生开讲座。这两个非常普通的教室，每晚六点多就人满为患。常常座位不够，有的同学就站在教室的后面或两边的窗口听，听得津津有味。设备上的粗陋，一点也不妨碍精神层面的交流。我常常在第三教学楼听完讲座，就到对面的第二教学楼晚自习。

那些时光诚然已经远去，但回忆起来仿佛就在昨天。若到上海，如有时间，总想回复旦看看，哪怕只是在相辉堂前面的大草坪坐坐，或者到第二教学楼，当年我晚自习最常去的教室看一会儿书。

如果说，一个人住过的地方、学习过的地方，周围的景观和一草一木，往往都记载了自己过去的点点滴滴，那么对我来说，还有另外一个载体：那就是我自己写过的文字，尤其是诗。中学也好，大学也罢，我总体看是一个非常开心的人。但是成长的过程中，除了欢笑、喜悦，免不了也有彷徨、苦闷、挣扎，以及情感的波折，这些思绪需要以某种形式表达，这常常便是诗的来源。疫情那段时间，我翻看中学和大学时代写的诗，仿佛重新回到了写诗当时的时光，这是关于自己心路历程无比真实的文字。

换句话讲，我从来不会为了写诗而写诗，也一向没有写诗的计划。当我写诗的时候，诗往往是"涌"出来的，不是我构思出来的，也不是我"推敲"出来的；除非发现有错别字，我写完也极少再去修改。

因此，那些诗，就是我当时脑里的思绪，以文字的形式表达出来原貌。而当我在疫情期间翻看它们，我看到的就是另一个"时间胶囊"。

疫情期间，我整理了自己中学和大学期间的诗歌，在这个过程中发现了一些几乎要散失的稿子，也将它们收了进来。我将诗集分成三辑，分别以《盼望》《念着你》《我的漫游》来命名。这三辑分别代表了三个阶段：《盼望》主要是中学时期，《念着你》是大学的前半期，《我的漫游》是大学的后半期。每一辑都用该辑我最喜欢的一首诗来命名。至于书的英文名 *My Freewheeling Years*，乃是受歌手 Bob Dylan 的专辑 *The Freewheeling Bob Dylan* 之启发而来。我非常喜欢 Bob Dylan 的音乐和他诗意的歌词，他毫无疑问是我们这个时代的一座丰碑。

我曾经看过一个科普片，片名叫做 *A Trip to Infinity*。片中，有一个科学家说过一个假想的例子，内容令我震惊：

假如你将一个苹果放入一个密封的容器，你可以设想，这个苹果，在一个星期、一个月后，可能会腐烂，一年后，可能变成了一堆烂泥。但是，你知道吗，只要时间足够长，在这个容器内，这个苹果可能恢复到它第一天在容器时的状态！因为物质

125

的组合形式是有限的，如果有足够长的时间，组合形式可能会重复！

我不是物理学专业的，不知道这个说法是否准确。但是如果它准确，这意味着，我们过去发生过的事情，可能在将来重复发生！或者从另一个角度讲，我们现在正在经历的事情，也许在过去的某个时间曾经发生过！又或者，在一个相信多重宇宙的年代，我们所经历的事情，在另一个宇宙有一个一模一样的你或者我，正在经历着！

当然，这些都超出了我现在可以认知和验证的范围。我现在可以做的，是将我过去的一些真实历程的文字记录公之于众，也许大家能够从中找到一点共鸣，也许大家也可以感受到三十年前大、中学生的心境。希望热爱诗歌的你会喜欢。

感谢文汇出版社为我出版此书，感谢本书编辑徐曙蕾女士的辛勤工作，感谢设计师董红红女士。好友 Priscilla Liang 之前将我的诗《盼望》译成一首优秀的英文诗，并发表在深圳大学的英文报纸上。不久前我就出版诗集的想法和她联系，她同意我在此书中收入她的英文译稿，在此一并致谢。

我将这本书，特别献给爱我、关心我的所有人，也特别献给我爱的、我关心的所有人。感谢你们在

那个年代出现在我的生命中，为我带来无比难忘的
时光。

松石

2024 年 1 月

图书在版编目（ＣＩＰ）数据

我的漫游 / 松石著. -- 上海 : 文汇出版社，
2024.4
ISBN 978-7-5496-4228-1

Ⅰ. ①我… Ⅱ. ①松… Ⅲ. ①诗集－中国－当代
Ⅳ. ① I227

中国国家版本馆 CIP 数据核字 (2024) 第 045133 号

我的漫游

著　　者 / 松　石
责任编辑 / 徐曙蕾
装帧设计 / 董红红
出版发行 / 文汇 出版社
　　　　　　上海市威海路 755 号
　　　　　　（邮政编码 200041）
经　销 / 全国新华书店
印刷装订 / 上海颛辉印刷厂有限公司
版　次 / 2024 年 4 月第 1 版
印　次 / 2024 年 4 月第 1 次印刷
开　本 / 787×1092　1/32
字　数 / 80 千
印　张 / 4.375　（插页 14）

ISBN 978-7-5496-4228-1

定　价 / 38.00 元